Ponte en movimiento

Canta conmigo

Melodía:
¿Conoces al hombrecito de mazapán?

Jo Cleland

Rourke Educational Media
rourkeeducationalmedia.com

Teacher Notes available at
rem4teachers.com

www.rourkeeducationalmedia.com

PHOTO CREDITS: Cover: © Suprijono Suharjoto; Title Page: © Christopher Futcher; Page 3: © Brandon Clark; Page 4: © Richard Clark Page 5: © Matthew Brown; Page 6: © Lukasz Fus; Page 7: © dblight; Page 8: © Sadeugra; Page 9: © Joseph Shelton; Page 10: © Monkey Business Images Ltd; Page 11: © omgimages; Page 12: © Miroslav Ferkuniak; Page 13: © Jason Lugo; Page 14: © Steve Cole; Page 15: © Annworthy; Page 16: © Sean Locke; Page 17: © Andrejs Zemdeg; Page 18: © Wojciech Gajda; Page 19: © Warren Goldswain; Page 20: © jianying yin; Page 21: © Dmitriy Shironosov;

Editor: Precious McKenzie
Cover and Page design by Tara Raymo
Translation by Dr. Arnhilda Badía

Cleland, Jo
Ponte en movimiento / Jo Cleland
ISBN 978-1-62717-381-0 (soft cover - Spanish)
ISBN 978-1-62717-433-6 (e-Book - Spanish)
ISBN 978-1-61810-083-2 (hard cover - English) (alk. paper)
ISBN 978-1-61810-216-4 (soft cover - English)
ISBN 978-1-61810-347-5 (e-Book - English)

Printed in China, FOFO I - Production Company
Shenzhen, Guangdong Province

Rourke Educational Media

rourkeeducationalmedia.com

customerservice@rourkeeducationalmedia.com • PO Box 643328 Vero Beach, Florida 32964

Comienza la canción

¿Conoces al hombrecito de mazapán?

Si todo el día descanso,

con videojuegos en mano,

si me **tiro** en el sofá a mirar la tele,

¡me volveré un **enclenque**!

No, voy mi **cuerpo** a ejercitar,

al nadar, salpicar y **remar**,

saltar, subirme a un árbol, y columpiarme.

Y entonces estaré **saludable**.

Sí, saldré a divertirme allá afuera,

a correr, dar saltos y montar bicicleta.

Todo el día en movimiento
estaré,y entonces bien **fuerte**
me voy a poner.

Glosario

cuerpo: las partes corporales de una persona

enclenque: débil

fuerte: que tiene fuerza

tiro: (de tirarse): sentarse (tumbarse) de forma perezosa

remar: hacer mover un bote

saludable: que goza de salud

Ponte en movimiento, canta y lee

Melodía: ¿Conoces al hombrecito de mazapán?

Si todo el día descanso,
con videojuegos en mano,
si me **tiro** en el sofá a ver la tele,
¡me volveré un **enclenque!**

No, voy mi **cuerpo** a ejercitar,
al nadar, salpicar y **remar**,
saltar, subirme a un árbol,
y columpiarme. Y entonces
estaré **saludable**.

Sí, saldré a divertirme allá afuera,
a correr, dar saltos y montar
bicicleta. Todo el día en
movimiento estaré, y entonces
bien **fuerte** me voy a poner.

Índice

Páginas web para visitar

www.cyh.com/HealthTopics/HealthTopicDetailsKids.aspx?p=335&np=307&id=1476#

www.nickjr.com/printables/kai-lan-exercise-poster.jhtml

www.nickjr.com/crafts/backyardigans-hopscotch.jhtml

Acerca de la autora

Jo Cleland disfruta escribiendo libros, componiendo canciones y haciendo juegos. A ella le encanta leer, cantar y jugar con los niños.

Ask The Author!
www.rem4students.com